코스미안의 노래

# 코스미안의 노래

**초판 1쇄 인쇄**   2019년 4월 10일
**초판 1쇄 발행**   2019년 4월 17일

**지은이**   이태상
**펴낸이**   전승선
**펴낸곳**   자연과인문
**북디자인**   D.room

**출판등록**   제300-2007-172호
**주소**   서울시 종로구 삼일대로 445-12
**전화**   02)735-0407
**팩스**   02)744-0407
**홈페이지**   http://www.jibook.net
**이메일**   jibooks@naver.com

ISBN 979-11-86162-34-7 03810
값 13,000원

# 코스미안의 노래

이태상 지음

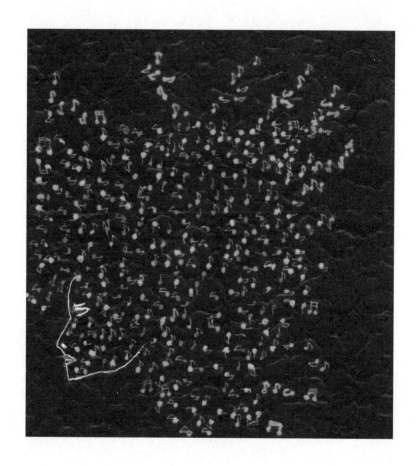

자연과
인 문

# 들어가며

.

.

.

온 우주가 공모해서
신인류, 코스미안이 탄생했다.


봄, 2019년

# Contents

# 1장

## 살며 사랑하며

# 끌림과 땅김의 법칙

사랑다운 사랑을 하는 사람이 몇 명이나 될까. 일다운 일을 하는 사람은 또 몇 명이나 될까. 인간관계, 일 관계, 사회관계, 사랑관계는 끌림이 있어야 좋은 관계를 맺을 수 있다. 인류는 태곳적부터 끌림이라는 신비한 비밀을 갖고 있었다. 끌림은 자연스러운 정보교환이다. 끌림은 긴 시간을 투자하지 않고도 본능적으로 상대의 정보를 캐치해 나의 정보와 일치하는 부분을 찾아내는 것이다.

끌림이 있다는 것은 땅김이 있다는 것이다. 끌림과 땅김은 들숨과 날숨처럼 자연스런 것이다. 성적인 욕망도 끌림과 땅김이 있어야 가능하다. 육체적인 사랑도 그러할진대 정신적인 사랑은 말해 무엇하랴. 복잡다단한 현대 사회에서 합리적인 이성만 가지고는 문제를 해결 할 수 없는 경우가 많다. 합리성이라는 것은 감정을 배제한 기계같은 판단이다.

인간의 최대 장점은 감정이 있다는 것이다. 말 한마디에 천 냥 빚을 갚는다는 이야기는 이성이 하지 못하는 일을 감정이 할 수 있다는 이야기와 같다. 인간은 진화 과정에서 끌림과 땅김의 법칙으로 발전을 거듭해 왔으며 끌림과 땅김이라는 무한한 가능성을 개발하여 지구의 최강자가 되었다.

청년들이여, 끌림과 땅김의 법칙을 가볍게 여기지 마라. 사랑, 질투, 욕망, 꿈, 희망 같은 것은 끌림이 아니면 이루기 힘든 것이다. 사랑이 없는 결혼이 행복하겠는가. 질투가 없는 사랑이 가능하겠는가. 이성이라는 계산기로 두드려야 직성이 풀리는 인간관계를 원하는 청년들은 내면에 숨어있는 끌림과 땅김이라는 강력한 에너지를 끄집어 내야한다. 그 에너지가 청춘을 청춘답게 해줄 것이다. 사막 어딘가에 숨은 오아시스처럼 젊음을 빛나게 해줄 것이다.

# 행복은 놀이다

　해마다 새해가 되면 우리는 새해 복 많이 받으세요라는 인사말을 주고받는다. 그렇다면 복이란 무엇일까. 복은 하늘의 힘에 의해 길흉화복의 운수로 돌아가는 것이라는 전제가 깔려 있다. 복 앞에는 항상 행이 따라다닌다. 복이 하늘이 주관하는 일이라면 행은 사람이 만드는 일이라고 할 수 있다. 행복은 인간이 살아가는데 있어서 자연스럽게 오는 즐거움과 인위적으로 만들어가는 기쁨을 충만하게 누리는 상태라고 말할 수 있다.

　그렇다면 행복은 찾는 것일까 만드는 것일까. 우리는 행복을 찾느라고 인생을 허비하다가 날새우는 경우가 허다하다. 이미 있는 복은 발견하면 되고 행은 만들면 된다. 행복은 찾는 것이 아니라 만드는 것이다. 행복을 찾는 것은 타인에 의해 내 운명을 결정하는 것이고 행복을 만드는 것은 자신의 운명을 스스로 결정하는 것이다.

행복은 놀이다. 소꿉놀이, 소풍놀이, 사랑놀이, 우정놀이, 인생놀이처럼 즐거운 놀이다. 일도 놀이처럼 하면 즐겁게 할 수 있는 것과 같은 이치다. 일을 일로 생각하면 지겹고 힘들어서 금방 지친다. 그뿐인가 일에 치여서 살면 사는 게 사는 것이 아닌 인생이 된다. 일의 노예가 되어 평생 일만하다가 죽고 만다. 세상에 일이 즐거울 사람이 몇 명이나 될까마는 마음을 바꾸면 일도 즐거운 놀이가 되는 것은 얼마든지 가능하다. 웃으면 복이 온다는 옛말처럼 지겨운 일도 즐거운 놀이처럼 하면 행복으로 바뀌게 된다.

미국 저가항공의 원조인 사우스웨스트항공의 허브 켈러허 회장은 일을 놀이처럼 즐겁게 하는 사람이다. 비행기가 출발이 지연되자 고객들이 짜증낼 틈도 없이 그는 말했다.

"출발 지연으로 불편을 끼쳐 죄송합니다. 이에 대한 보상으로 보물찾기를 시작하겠습니다. 공항 안에 동그라미를 표시한 1달러짜리 지폐를 숨겨 놓았으니 이 지폐를 찾아오는 고객께는 200달러 상금과 공짜 비행기 표를 드리겠습니다."

안내방송을 들은 고객들은 불평 대신 즐거운 놀이에 푹 빠져 재밌고 즐거운 시간을 보낼 수 있었다. 행복의 다른 말은 놀이다. 즐거운 놀이를 싫어할 사람은 이 세상에 아무도 없을 테니까 말이다.

놀이가 행복을 만든다. 행복해지고 싶다면 삶도 놀이처럼 즐겨라.

# 사랑은 신의 선물

사랑하면 괴롭다. 그래도 사랑하라
사랑하면 외롭다. 그래도 사랑하라
사랑하면 미친다. 그래도 사랑하라

사랑하면 기쁘다. 그러니 사랑하라
사랑하면 즐겁다. 그러니 사랑하라
사랑하면 꿈꾼다. 그러니 사랑하라

사랑은 절박함에서 온다. 사랑은 괴로움에서 오고 사랑은 슬픔의 안개를 뚫고 온다. 시련을 딛고 온 사랑은 그래서 행복의 메신저다. 사랑을 사랑하지 않는 자 모두 유죄다. 남녀의 사랑만 추구하는 자 모두 유죄다. 인간만 사랑하는 자, 모두 유죄다.

사랑은 모든 사랑에 대해 무죄다. 불완전한 우리는 사랑으로 인해 완전성을 획득한다. 우리를 더 나은 우리로 만드는 건 사랑밖에 없다. 사랑은 무한한 에너지를 끌어들이는 기술이다. 에너지는 사랑이라는 장치로 돌아간다. 지구가 자전을 하고 공전을 하는 것처럼 말이다.

사랑은 에너지로 힘을 합치는 것이다. 알파와 오메가가 흔들리고 혼돈과 질서가 흔들리며 천국과 지옥이 흔들리면서 서로의 에너지를 얻는 것이다. 그래서 긴밀함으로 더욱 가까워진다. 세포 하나하나까지도 움직이게 한다.

사랑이라는 욕망에 불을 질러라. 사랑이라는 철학에 불을 질러라. 사랑이라는 예술에 불을 질러라. 70억 인류의 욕망을 끌어내라. 욕망이라는 사랑이 진정한 진보다. 그 사랑이 눈물이어도 좋다. 고독이어도 좋다. 기쁨이어도 좋고 희망이어도 좋다.

사랑은 신의 선물이다. 벌이 꽃을 사랑하듯 구름이 하늘을 사랑하듯 물방울이 바다를 사랑하듯 남녀가 서로를 사랑하듯 사랑의 불을 활활 타오르게 하라. 미치도록 사랑하고 죽도록 사랑하라. 사랑이라는 이름이 닳아 없어질 때까지 사랑하라.

그러나 사랑은 봄눈처럼 쉽게 사라진다. 잘 꺾이는 나뭇가지와 같다. 붙잡으려고 하면 멀리 달아나는 무지개와 같다. 두려움이 많은 겁쟁이는 사랑 앞에서 벌벌 떤다. 용기 있는 자만이 사랑을 만들 수

있다. 사랑을 두려워하지 마라. 우리가 알 수 있는 지혜의 모든 것은
사랑에서 나오는 것이다.

사랑은 신의 선물이다.

# 2장

## 신인류 코스미안

# 변혁의 시대가
# 우리를 깨운다

변혁의 시대가 우리를 깨운다. 우리는 지구라는 이 작은 별에 태어나 잠시 살다 우주로 되돌아갈 나그네다. 정신적인 대 변혁의 시대를 맞이하여 우리가 할 일은 무엇인지 고민하고 성찰해야 한다. 독립적 지성으로 변혁의 깃발을 들고 새 시대의 문을 열자.

부조리와 모순의 시대를 넘어 양극의 극단을 극복하고 자유와 평화의 시대로 대 전환을 하자. 온 누리에 밝은 기운이 넘쳐나고 생명의 진리가 충만하니 망설이지 말고 저 너른 우주로 나아가자.

내가 나를 뛰어 넘어 도약하자. 지구 밖으로 나가 우주와 하나가 되자. 자유의지의 날개를 활짝 펴고 날아오르자. 변화의 중심에 서서 우주의 주인이 되어보자. 너를 사랑하는 것이 곧 나를 사랑하는 것이며 온 우주를 사랑하는 일임을 깨우치자.

이제, 쌓인 미움이 있다면 훌훌 다 털어버리고 절망 안에 자신을 가두고 있었다면 용기를 내어 빠져 나오자. 희망만이 우리의 친구다. 사랑만이 모든 문제를 해결해 줄 것이다. 우리의 본질은 사랑이다. 사랑이 곧 코스미안이다.

우주적 인간으로 나아가자.
우리는 이제 코스미안이다.

# 그대가 우주의 주인이다

젊은이들이 물질만으로도 세상을 평정할수 있다는 자만심에 사로잡혀 있다면 그건 어른들이 잘못 가르친 결과다. 감성을 편협하고 고루한 것이라고 멀리하는 사람들은 사랑 없이 조건만 보고 결혼하는 것과 같고 우정 없이 친구를 사귀는 것과 같다.

보이지 않는 것에 대한 궁금증은 인류가 탄생한 이래 끊임없이 탐구하고 연구한 대상이다. 보이는 것은 누구나 연구하면 궁금증을 해결 할 수 있다. 보이지 않는 것에 대한 매력을 느끼지 못한다면 삶의 겉모습에 집중하는 것과 같다. 바다에 바다만 있다면 그건 바다가 아니다. 파도가 있어야 진정한 바다다. 일 년 내내 태양만 뜨면 죽고 만다. 바람도 불고 천둥도 치고 비도 와야 한다. 희로애락이 없다면 그건 천당이 아니라 지옥이다.

21세기는 하드웨어 직종은 로봇으로 대체되기 시작했다. 하지만 소프트웨어는 기계가 범접할 수 없는 분야다. 젊은이들은 젊음이 무기다. 가슴 뛰는 대로 살아야 한다. 동서남북 천지지간으로 돌아다녀야 한다. 가슴이 시키는 일을 해야 한다. 가슴은 영혼이 들어가 있는 그릇이다. 설렘으로, 감성으로, 사랑으로, 영혼의 그릇을 가득 채워야 한다.

우주는 무궁무진하다. 그대가 우주다. 이념에서 탈출하라. 사상에서 벗어나라. 종교를 찢고 나와 저 너른 세계로 나가라. 그대가 우주의 주인이다. 그대가 바로 코스미안이다.

# 신인류 코스미안

　우리가 섭취하는 음식물 중에도 독성이 있는 것과 영양분이 있는 것이 있다. 대인관계에서도 해롭거나 이로운 관계가 있다. 음식물도 독성이 있는 것은 피하고 사람들 중에서도 독성이 있는 사람은 피해야 한다. 몸과 마음에 독성이 없는 좋은 것만 취하는 지혜가 필요하다.

　의학 용어 중에 대증요법과 원인요법이 있다. 대증요법은 불편한 증상이나 급성 증상을 일시적으로 완화하는 임시치료 방법이고 원인요법은 질병의 근본 원인을 제거하는 치료법을 말한다. 흔히 동양의학은 원인을 치료하고 서양의학은 증상을 치료한다고 한다.

　그렇다면 온 인류가 지구상의 모든 질병과 불행한 사태를 근본적으로 극복하고 예방하기 위해서는 어떻게 해야 할까. 인류공동체의 구성원 모두는 눈앞의 이익에서 벗어나 우주적 비전을 갖고 함께 살아갈 수 있는 상생의 길을 열어가야 한다.

우리는 모두 우주의 나그네인 코스미안들이다. 21세기의 신인류인 코스미안을 새로운 인간의 모델로 삼아야 한다. 좁디좁은 지구를 넘어 우주로 나아가는 우주적 인간 코스미안의 세상을 만들어 가야 한다. 사랑으로 완성된 인류, 코스미안이 바로 당신이다. 가슴 뛰는 대로 사는 인류, 코스미안이 바로 당신이다.

# 3장

## 마음의 창을 열고

# 원죄보다 원복

　원죄는 신의 갑질이다. 원죄는 신의 노예이다. 원죄의식을 벗어 버리고 원복의식을 회복하는 것이 신의 갑질에서 벗어나는 것이다. 원죄라는 의식에서 벗어나는 것이 코스미안운동이다. 아무런 걸림이 없이 가슴 뛰는 대로 사는 우주적 인간 코스미안이 되는 것이 원복의식을 회복하는 길이다.

　인류의 비극은 원죄에서 시작되었다. 전쟁도 원죄의식에서 시작되었고 분쟁도 원죄의식에서부터 출발한다. 불행의 근원인 원죄를 타파하지 않으면 우리는 자유로운 의지를 가질 수 없다. 원죄의식은 선민사상을 낳고 선민사상은 갑질문화를 낳는다.

　인간은 처음부터 원복을 갖고 태어났다. 복의 근원이 사람이다. 발상의 전환으로 인간을 인간답게 하자. 존재를 존재답게 하자. 근원을 파헤치고 근원의 출발점에서 역발상을 해보자. 인간이기에 가능하다. 신이라면 불가능한 일이다.

　간단하다. 발상의 전환이 깨달음이다. 자유의지가 깨달음으로 가는 사다리다. 의지를 자유롭게 하지 못하면 그건 인간이기를 포기한 것이다. 온 우주가 내 편인데 두려울 것이 없지 않은가. 원죄를 버리고 원복을 찾자. 원복은 이미 우리 안에 자리 잡고 있다. 다만 모르고 있을 뿐이다.

# 방랑자

이제 소비자가 신문이나 잡지를 구독하듯 자동차도 구매나 리스를 하지 않고 수시로 필요에 따라 원하는 차종으로 바꿔 타는 시대가 왔다. 보험이나 수리비용, 세금 등에 신경 쓸 필요가 없다. 매달 일정 금액을 서비스 회사에 납부하면 된다. 미국에서 2017년부터 시작된 이런 서비스는 데이팅, 교육, 연예, 주택, 요식업, 여행 산업 등 다른 업계로 확산되고 있다.

이렇게 일정 금액으로 물건이나 서비스를 이용하는 것을 '구독경제'라고 부르는데 구독이란 용어는 신문의 정기구독에서 따온 것으로 소유나 공유에 이은 새로운 경제 모델이다. 이 얼마나 자유롭고 홀가분한 세상인가. 어차피 우리 모두 인생 나그네인데 무엇에 얽매인단 말인가. 칼릴 지브란은 '방랑자'에서 이렇게 말하고 있다.

언젠가 나는 길벗 나그네 하나를 만났다. 그도 나처럼 좀 이상한 친구였다. 그가 말하기를

"난 방랑자다. 그런데 내가 키 작은 난쟁이들과 함께 걷고 있는 느낌이야. 이들보다 내 머리가 땅으로부터 70 큐빗이나 높이 있기에 내 생각이 더 좀 높고 자유롭기 때문인 것 같아. 그러나 사실은 내가 이들과 함께 걷는다기보다 이들 위로 걷기 때문에 이들이 볼 수 있는 건 들판에 난 내 발자국일 뿐이지.

그러니 이들은 내 발자국 크기와 모양에 대해 이러쿵저러쿵 말들이 많아. 어떤 이들은 옛날에 지구에 있다가 멸종한 맘모스 발자국이라 하고 또 어떤 이들은 멀고 먼 별에서 날아온 별똥별이 떨어진 자리들이라고 한다네. 하지만 자네가 잘 알다시피 이것은 다름 아닌 한 방랑자의 발자국이 아닌가."

# 영혼과 영원

영혼은 생명의 원리다. 생명은 에너지다. 영은 에너지의 핵이다. 혼은 핵을 둘러싸고 있는 에너지다. 몸은 물질이며 생성과 소멸을 겪는 욕망의 대상이다. 우주만물은 에너지의 운동이며 에너지의 작용이다. 나라는 생명체는 우주의 질서와 무질서에 대한 은유이자 자각이다.

우주는 정보와 정보가 엮여 하나의 인드라망으로 구성된 것이다. 그 인드라망으로 자연은 결집과 분산을 반복하며 영원히 순환한다. 생성과 소멸의 반복이 곧 영원이다. 영원과 영혼은 동전의 양면과 같고 손바닥과 손등처럼 한 몸이다. 독일의 철학자 라이프니츠는 이렇게 말했다

"신이 만들 수 있는 최선의 우주가 지금 우리가 사는 이 우주다. 더 최선이 있었다면 신은 그렇게 만들었을 것이다. 나는 신이 만든 이

우주 안에서 순간순간 최선을 다해 살아야 한다."

다섯 살 때 아버님이 돌아가셨다. 관속에 누워계신 아버지의 모습은 여느 때와 같이 평화로워 보였다. 살아있는 사람과 죽은 사람의 차이를 구별하기 힘들었다. 살아있다는 것은 숨을 쉬고 있는 것이다. 죽었다는 것은 숨을 멈췄다는 것이다. 그렇다면 숨은 곧 생명이다. 생명은 영혼이라는 에너지 덩어리다.

로고스와 에고도 다 생각하지 말자. 천국과 지옥도 잊어버리자. 지금 이 순간 살아있는 것이 우주와의 합일이다. 그러니 더 무엇을 바라겠는가. 영혼과 영원도 다 내 안의 비밀스럽고 신비로운 우주의 작용이다.

삶이 사랑이고
사랑이 나 자신이며
내가 곧 우주다

# 4장

삶의 여정

# 아날로그에 대한 향수

"스마트폰 없이 일 년을 살면 10만 불"

스마트폰에서 해방된 자유로운 인생을 살자고 미국의 어느 기업에서 이런 광고를 내걸었다. 이런 광고까지 내걸 만큼 스마트폰은 인간 사회에서 불가분의 관계가 되었다. 스마트폰이 없는 세상을 상상이나 할 수 있을까. 이제는 스마트폰과 인간은 자웅동체가 되어버렸다.

이제 인터넷 안으로 들어간 인간들을 인터넷 밖으로 불러내야 한다. 인터넷 밖의 세상도 살만한 세상이라는 것을 깨우쳐야 한다. 인간의 정신은 디지털 공격이 강할수록 아날로그 방식의 감성을 그리워하게 된다. 아날로그에 대한 향수는 따뜻한 밥상을 건네주던 어머니를 그리워하는 것과 같다. 밤새 꾹꾹 눌러쓰던 손 편지의 그리움을 잊지 못하는 그런 감성이 인간의 내면을 풍요롭게 해주기 때문이다.

흑백영화를 보고 난 뒤의 진한 여운이 그립다. 시 한편을 읽고 오랫동안 깊은 감동에 젖어 본 시절이 그립다. 그 집 앞에서 그녀를 밤새 기다리던 그 밤이 그립다. 비 내리는 거리를 우산도 없이 하염없이 걸었던 그 거리가 그립다. 좋아하는 음악을 듣던 레코드판이 그립고 그녀와 건넜던 시냇가의 징검다리가 그립다.

아무런 말도 하지 않아도 마음이 통하고 오랫동안 보지 않아도 금방 본 것처럼 떠오르는 사람이 있어 좋고 하고 싶은 말을 하지 않아도 알아주는 내 편이 있어 좋은 그런 아날로그적 인간관계가 그립다. 오감이 없는 디지털 세상보다 눈과 귀와 코와 혀와 피부로 느끼는 오감의 감성을 가진 그런 아날로그의 향수가 그리워지는 시대다.

지금 바로 인터넷 세상을 걸어 나와 아날로그 세상의 향수를 느껴보고 싶지 않은가.

# 빈손의 소유자들

백수, 빈손의 소유자다. 아무것도 가진 게 없는 자, 우리는 그들을 백수라고 부른다. 청년실업의 대란이 지속되고 있는 시대다. 청년들은 직장이 없다고 아우성이고 중소기업은 사람이 없다고 야단이다. 둘 다 다른 곳을 바라보고 있는 연인 같다.

일자리가 없다는 사람들과 일할 사람이 없다는 사람들 사이에 흐르는 강은 건널 수 없는 강인가. 직장을 얻는 시대는 지나갔다. 직종을 개발해야 한다. 직장은 불안한 미래다. 쉽게 마음 변하는 애인 같은 것이다. 직종에 투자를 하면 빈손의 소유자가 될 확률이 줄어든다. 대기업이라는 우산 아래서 비를 피하는 것보다 직접 우산을 만드는 것이 현명한 일이다.

곧 인공지능 로봇에게 일자리를 빼앗기는 시대가 올 것이다. 그

때를 대비해야 한다. 로봇이 할 수 없는 일에 열정을 투자해 보자. 그런 일이 어디에 있냐고 불평할 시간에 연구하고 찾아봐라. 얼마든지 널려있다. 인간의 능력은 무한대다. 그 무한대의 능력이 자신에게만 없다고 자책한다면 이미 세상에게 진 것이다.

창조적인 베짱이가 될 것인가. 로봇 같은 일개미가 될 것인가. 스스로에게 던진 화두는 스스로 풀어야한다.

# 복면의 탈을 벗어라

사람들은 늘 복면을 하고 산다. 인종의 복면을 하고 이념의 복면을 하고 정치의 복면을 하고 종교의 복면을 하고 산다. 착한 남편 복면을 쓰고 현모양처 복면을 쓴다. 복면을 씀으로써 자신의 이중성을 감추고 사회의 올바른 일원임을 과장되게 어필한다.

티브이 프로그램 중에 인기 있는 프로가 '복면가왕'이다. 복면 속에 숨어 자신의 재능을 뽐내는 복면가왕은 우리 사회현상과 다를 바 없다. 사회는 제도라는 복면을 쓰고 사람들을 억압한다. 권력이라는 복면 뒤에서 착취를 일삼는 것도 복면의 힘이다.

절대 권력자 김정은도 복면 뒤에서 탄압의 정치를 일삼고 민주주의라는 복면을 쓴 트럼프도 지구경찰을 자처하고 있다. 그뿐인가. 종교의 가면을 쓴 프란치스코 교황은 신의 대리인 노릇에 푹 빠져 있다.

이제 복면을 벗어 버리자. 민낯의 솔직하고 당당함으로 살자. 거추장스러운 복면을 벗어버리면 세상이 달라진다. 교활한 복면을, 치졸한 복면을, 애꿎은 복면을, 불편한 복면을 벗어 버리고 햇빛 찬란한 태양 아래 서 보자.

복면을 벗은 자 모두 코스미안이다. 가슴 뛰는 대로 사는 자, 모두 코스미안이다. 태양 아래 활짝 웃는 자, 모두 코스미안이다.

# 5장

## 조화로운 세상

# 선구자 전성시대

　인공지능과 로봇이 인간의 노동력을 대체하기 시작했다. 이 얼마나 다행한 일인가. 인간은 더 이상 기계처럼 일하지 않아도 된다. 열정도 없고 흥미도 못 느끼는 노예 같은 삶을 살 필요가 없어졌다.

　일이라는 노예에서 벗어나 열정을 쏟아 붓고 즐거움을 느낄 수 있는 자신만의 일에 인생을 걸 수 있으니 얼마나 신나고 행복한 일인가. 밥벌이는 인공지능 로봇에게 맡기고 인간은 창조적이고 혁신적인 일에 몰두하면서 진정한 삶을 살아가는 시대가 온 것이다.

　그렇다면 창조적인 삶이란 무엇일까. 창조는 그리움이다. 그리움이란 보고 싶어 애타는 마음이다. 보고 싶어 애타서 간절함이 생긴다. 간절하기 때문에 그 간절함이 이루어지지 못하면 그리움이 생기는 것이다. 곧 좋아하는 것, 소중한 것, 하고 싶은 것을 하는 것이 창조적인 삶이다. 창조는 그리움을 행동으로 옮겨 실현시키는 것이다.

선구자는 창조의 아버지다. 남과 같음으로부터 다름이 되는 것이다. 이 세상에 존재하지 않았던 새로운 것들을 만들어 내는 것이다. 창조를 통해 나는 나의 선구자가 되는 것이다. 신이 우주만물을 처음으로 만들었듯이 새로운 것을 만들어 내는 선구자가 되는 것이다.

그리움이라는 절대무기를 가지고 이전에 없던 명쾌한 정치를 창조하고 인간을 일에서 해방시켜줄 경제를 창조하고, 지혜의 바다를 노닐 수 있는 철학을 창조하고 무궁무진한 생각놀이인 문학을 창조하고, 우주의 언어인 노래를 창조하는 등 이 세상에 없었던 새로운 것들을 창조해 내는 선구자가 되어야 한다.

이제 선구자의 시대가 되었다. 누구나 선구자가 될 수 있다. 신이라는 우주가 우리를 만들었다면 이제는 우리가 정신문명으로 우주를 재창조 할 때가 되었다. 이 무한하고 광대한 우주는 우리를 위해 존재하기 때문이다. 이 우주의 주인은 우리, 바로 나 자신이다.

# 존재감의 미학

설명하면 그 의미가 감소된다고 한다. 이 말을 속되게 말하면 잔소리라는 말이다. 조선 영조 때 학자 김천택의 시조집 '청구영언'에 작자미상의 시가 있다.

말하기 좋다 하고 남의 말을 말을 것이
남의 말 내 하면 남도 내 말 하는 것이
말로써 말 많으니 말 말을까 하노라.

말로써 설명하면 그 의미가 감소된다는 것은 말이 존재감을 드러내지 못하는 경우가 종종 있다는 것과 다르지 않다. 말은 잘못하면 잔소리로 전락할 수 있고 의미전달에 있어 완벽한 수단이 되지 못할 수도 있다.

김소월이 애절하게 부른 '초혼'에서도 "심중에 남아 있는 말 한마디는 끝끝내 마저 하지 못하였구나." 하면서 탄식하는 구절이 있다. 내뱉은 말보다 하지 못한 말은 이미 존재감으로 상대에게 아름답게 드러나고 있다.

철학자이며 시인인 칼릴 지브란은 '방랑자'에서 "빈 말로 사람을 속이는 거짓말쟁이, 위선자는 내가 죽는 날까지 모든 시인을 저주할 것이오."라고 읊고 있다.

존재감을 드러내는 것은 말이 아니다. 말보다 관심이, 관심보다 사랑이, 사랑보다 마음이 존재감을 드러내 준다.

# 네가 먹는 게 너다

나이를 먹는 다는 것은 시간에 따라 나이가 정해진다는 뜻이 아니다. 네가 사랑을 먹으면 사랑을 낳고 미움을 먹으면 미움을 낳는다는 것이 나이를 먹는 다는 뜻에 가깝다. 네가 희망을 먹으면 희망을 낳고 절망을 먹으면 절망을 낳는다. 네가 사는 하루하루가 축복이 될 수도 있고 저주가 될 수도 있다.

똥 만드는 기계로 살아가는 현대인들은 나이라는 시간만 먹고 있다. 하루하루 핸드폰질이나 하면서 맛집순례는 옵션이고 커피로 내장을 헹군다. 입에 거품을 물며 명품자랑을 해대는 허영심에 찌들어 있다. 시간의 구정물로 나이만 뽑아내는 기계로 전락하지 말아야 한다.

네가 먹는 것이 바로 너다. 너는 오로지 이 우주에 단 하나뿐인 존재다. 네가 곧 우주다. 우주가 너다. 네가 먹는 것은 너를 만드는 재

료다. 추악한 것들을 버리고 아름다운 것들을 먹어야 한다. 끔찍한 것들을 버리고 찬란한 것들을 먹어야 한다.

먹는 것을 말한다는 것은 삶을 말한다는 것이다. 그러나 사실 삶을 말한다는 것은 죽음을 말한다는 것이다. 죽음은 삶의 뒷모습이다. 삶과 죽음은 동전처럼 양면이다. 삶이라는 불완전에서 죽음이라는 완전으로 가는 것이다. 네가 먹는 것은 곧 불완전에서 완전을 향해 가는 것이다.

# 6장

## 고독이 고독에게

# 누구나 광인이 될 수 있다

요즘 미국에서는 출판사와 저자 사이에 체결하는 출판 계약서에 새로운 조항이 하나 추가되고 있다. 저자가 사회적으로 지탄 받는 스캔들이 있을 경우엔 출판사가 해당 저자와의 출판 계약을 취소할 수 있고 선불한 인세의 반납을 요구할 수 있다는 조항이 생긴 것이다.

이는 최근에 일어난 '미투' 운동 때문이다. 우리나라에서도 정치가, 기업가, 학자 등 각계각층의 저명인사들이 미투 피해자들로부터 고발을 당해 오랫동안 관행처럼 묵인되어온 그들만의 비밀들이 만천하에 폭로되고 있다.

전 세계적으로 일어난 미투 운동은 유명인들뿐만 아니라 성직자들도 예외 없이 그 가증스러운  민낯이 낱낱이 밝혀지고 있다. 성직자들은 천사의 얼굴과 악마의 얼굴을 동시에 갖고 순진하고 힘없는 여자들을 성적 노리개로 갖고 놀았다. 인류의 마지막 보루라고 할 수 있는 성직자들 중 일부 성직자들은 사람이 아닌 양의 탈을 쓴 늑대가 된 것이다.

성직자를 비롯해 전문적인 직업을 가진 힘 있는 사람들이 힘없는 일반 대중을 등쳐먹는 행위를 조지버나드 쇼는 이렇게 말하고 있다.

"성직자와 함께 사회적으로 존경받는 사람들은 광인이 많다. 세간에 정신과 의사들이 나누는 자조적인 농담이 있다. 노이로제 환자들은 저 하늘에 성(城)을 쌓고, 정신병 환자들은 그 성에 거주하며 정신과 전문의들은 그 성의 집세를 받아 챙긴다고 한다."

우리는 누구나 광인이 될 수 있다. 정치에 입문해 힘 있는 정치가가 될 수 있고 학식을 쌓아 힘 있는 학자가 될 수도 있으며 돈을 많이 벌어 힘 있는 사람이 될 수 있다. 힘 있는 사람이 되었을 때 그 힘을 함부로 사용하는 것은 너무 쉬운 일이다. 누구나 예비 광인이 될 수 있는 것이다.

양의 탈을 쓰지 않기 위해 끊임없이 자기 자신을 다스려야 한다. 광인이 되지 않기 위해 삶의 가치를 바르게 세워놓고 나아가야 한다. 무너지는 건 한순간이다. 인생이 물거품이 되는 건 다 자업자득인 것이다.

우리는 누구나 광인이 될 수 있지만 우리는 누구나 양심적인 사람도 될 수 있다. 그것은 오로지 부단한 노력과 올바른 가치를 가질 때 가능한 일이다. 사람과 사람 사이에 있는 불신의 벽을 허물고 투명하고 깨끗한 벽을 세우면 양심적이고 사랑스러운 아름다운 관계를 맺을 수 있을 것이다.

# 운명이냐 숙명이냐

운명은 바꿀 수 있지만 숙명은 바꿀 수 없다. 운명이 소프트웨어라면 숙명은 하드웨어다. 하드웨어 없는 소프트웨어가 소용없듯이 소프트웨어 없는 하드웨어도 소용없는 일이다. 운명이 인간의 영역이라면 숙명은 신의 영역이다. 숙명이라는 큰 도화지에 운명이라는 그림을 그리는 것이 인생이다.

전 세계적으로 일어나고 있는 미투 운동에서 볼 수 있듯이 성폭행이나 성추행을 당하고도 이를 참고 견디면 숙명이 된다. 반면 용기를 갖고 용감하게 고발하면 운명을 바꾸게 된다. 용기와 노력이 곧 운명인 것이다. 용기와 노력은 철저하게 자신의 내면에서 나오는 자신만의 것이기 때문에 운명을 개선하고 바꾸는 것이다.

자신의 운명을 노력과 용기로 개척한 링컨은 이렇게 말했다.

"선행을 하면 내 기분이 좋고, 악행을 하면 내 기분이 나쁘다. 이 것이 바로 나의 종교다. 그리고 내 미래를 점치는 최선의 방법은 그 미래를 내가 창조하는 것이다"

# 모음(母音)실종

　요즘 미국에서는 이상한 말장난이 유행이다. 문장이나 단어에 모음을 생략하고 자음만 나열하는 놀이가 널리 퍼져있다. 말장난으로 치부할 수 있지만 짧고 쉽고 강렬한 언어가 전하는 효과는 몇 장의 연설문보다 파급효과가 크다.

　원래는 'The Management'란 이름으로 출발한 록 밴드가 이제는 그냥 MGMT로 불리고, 텀블러(Tumblr)나 플리커(Flickkr) 같은 테크 회사의(tech companies) 이름에서 모음 '에(e)'를 빼버리는 것이다.

　왜 이런 현상이 일어나고 있는 것일까. 모음 실종은 결혼과 출산을 기피하는 젊은 세대의 풍조를 반영하고 있다. 모음이 실종되다 보면 점차로 자음까지 사라지게 될 테고, 그러다 보면 언어 자체가 없어지게 될지 모른다.

모음 실종은 모성(母性)의 실종과 다를 바 없다. 모성이 실종되면 당연히 동심 실종으로 이어진다. 아이를 낳지 않는 시대, 여성이 모성을 실종시킨 시대를 반영하는 것이다. 우리 후손들은 '아이불신 어른지옥'에서 불행한 인류의 역사를 체험하게 될지 모른다.

행동과 실천 없이 입으로 나불거리는 말장난을 집어치우고 실종시킨 모음을 찾아야 한다. 언어는 존재의 집이다. 그 집에 사랑이라는 존재가 있어야 진정한 집이 되지 않겠는가. 존재의 집을 조롱하고 해치는 것은 존재를 부정하는 일이다.

# 7장

## 불완전과 완전 사이

# 중독과 해독

로마의 역사가 타시투스는 고대 게르만 부족들이 전쟁 중에 협상을 할 때면 술에 취했는데 만취된 상태에선 서로가 숨김없이 흥정이 가능했기 때문이라고 기록해놓았다. 술에 취하면 전혀 딴 사람이 되는 경우를 종종 보게 된다. 술이 정신무장을 해제시켜 그 사람의 본성과 본색을 드러나게 하는 것인지 모른다.

그러나 술은 잘 마시면 선이 되지만 중독되면 악이 된다. 술뿐만 아니라 담배, 종교, 사상, 이념 등도 중독성이 강하다. 중독은 세상을 지옥으로 만든다. 중독으로 인한 폐해는 자신도 모르게 삶을 조금씩 조금씩 갉아 먹어 나중에는 중독의 지옥에서 헤어 나오지 못하고 결국 죽음을 맞이하게 된다.

중독이 있다면 해독도 있다. 중독에서 벗어나 해독할 수 있는 것은 무엇이 있을까. 만병통치의 해독제라면 사랑밖에 없다. 사랑 말고는 아무것도 없다. 자기 자신에 대한 사랑이 없었으니 술에 중독되고 담배에 중독되고 종교에 중독되며 이념에 중독된 것이다. 사랑이라는 위대한 해독제를 자기 자신에게 주사해 봐라. 당장 그 효과가 나타날 것이다.

삶이 고단하고 힘들다고 술에, 마약에, 담배에, 사상에, 종교에 중독되지 말자. 중독은 쉽고 해독은 어렵다. 만고의 해독제인 사랑도 중독을 빼는 데에는 시간이 걸린다. 인생을 함부로 허튼 망상에 중독 시키지 말자. 중독 시키려면 사랑에 중독 시켜라.

# 소비냐 삶이냐

소비가 행복이 아니라 소비로 인해 얻는 성취감이 행복이다. 미국 정신과 전문의 조지 베일런트는 행복한 삶을 위한 다섯 가지 교훈을 제시하고 있다.

1. 사랑으로 맺어진 인간관계가 없이는 건강도 성공도 아무런 의미가 없다.
2. 돈이나 권력보다 자기 일에 만족하는 사람이 가장 큰 성취감을 느낀다.
3. 가난하고 보잘것없이 시작해도 인생의 풍파를 헤쳐나가면 행복해 질 수 있다.
4. 사람들과의 좋은 관계와 자신의 일에 열중하면 나이 들수록 기쁨은 커진다.
5. 인생의 도전에 얼마나 잘 대응하는가에 따라 행복이 좌우된다.

인생은 타인과의 관계에서 이루어진다. 다른 사람에 대한 성숙한 배려와 지극정성이 행복을 결정한다. 배려와 정성은 자신에 대한 자긍심으로 바뀌게 된다. 진정한 행복이란 소유가 아니라 나눔이다. 소비가 행복이 되려면 나눔이 되어야 한다. 소비를 통해 얻을 수 있는 성취감과 행복감은 나눔으로 귀결된다.

저 가난한 동남아에서 온 바나나를 소비하는 것도 나눔이다. 따뜻한 커피 한 잔을 소비하는 것도 노동에 시달리는 아프리카 어린이를 위한 나눔이다. 열악한 환경에서 누군가가 만들어내는 것을 바르게 소비하는 것은 곧 나를 위한 것이다. 나로 인해 거미줄 같은 인드라망의 순환이 선순환으로 돌아가는 것이다.

우리의 눈과 귀와 코와 입과 피부는 인식의 한계를 가지고 있지만 이 세계는 거미줄처럼 서로가 서로에게 이어져 있다. 촘촘한 인연의 줄로 다 연결되어 있다. 그러하기에 내가 곧 너이며 네가 곧 나다. 가치 있는 소비가 곧 삶이다. 자비로운 소비가 자애로운 삶이 된다.

# 은어 혹은 예술

신세대들은 은어를 좋아한다. 은어는 언어흥신소의 비밀탐정처럼 은밀하게 또는 흥미로운 매력을 지닌 문화의 아류다. 신세대들이 은어를 좋아하는 이유는 자신들의 비밀유지와 또래들의 단합을 유지하기 위해 사용하기 때문이다.

신세대들의 은어 위키백과인 Urban Dictionary에는 anthrophilia 라는 은어가 있다. 앤스로필리아는 인간에게 성적으로 흥미를 느끼지 못한 사람들이 기계인간 휴머노이드에게 성적으로 끌린다는 뜻의 은어라고 한다.

은어와 예술은 묘하게 닮은 구석이 많다. 앤스로필리아처럼 예술은 단조로운 인간의 영역을 넘어 예술이라는 성적 유희를 휴머노이드에게서 찾는 중인지 모른다. 세상에 존재하는 모든 금기를 뛰어 넘는 것이 예술의 힘이며 창조의 원천일 것이다.

"우리는 뱅크시 당했다"라는 말이 유행이다. 경매시장에 나온 15억 원짜리 그림을 낙찰 받아 분쇄기로 잘라버린 남자, 1,200억짜리 낙서를 예술로 만드는 희대의 예술테러리스트 뱅크시는 자신을 드러내지 않는다. 은밀한 은어처럼 비밀스럽게 예술을 창조한다.

뱅크시는 항상 남들이 보지 않을 때 작품을 만든다. 그리고 사라져 버린다. 그를 아는 사람은 극소수다. 그는 무질서와 질서를 동시에 가지고 새로운 것을 창조해 내고 있는 예술가다.

인간의 상상은 현실이 되고 현실은 다시 환상이 된다. 무질서가 질서가 되고 질서가 무질서가 되는 것이 우주다.

# 8장

## 반짝이는 별

# 날아라 높이 날아라

어린이가 하나님이다. 어린이는 신의 화신이다. 천국의 문은 어린이에게 프리패스다. 어린이에게는 참도 없고 거짓도 없다. 선도 없고 악도 없으며 아름다운 것도 없고 추한 것도 없다. 옳은 것도 없고 그른 것도 없다. 그러므로 어린이는 하나님이다.

동심을 잃는 순간, 하나님에게 멀어진다. 하나님은 어린이 마음 속에서 우주라는 자연과 소통하고 있다. 인생을 관통하는 삶의 도가 있다면 동심을 잃지 않는 일이다. 동심이 삶의 도다. 도를 멀리서 찾느라고 온 세상을 다 돌아다녀 봐도 찾을 수 없다. 바로 자신의 마음 안에 있는 것을 모르기 때문이다.

도를 아는 사람이 바로 코스미안이다. 코스미안은 가슴에 동심을 잃지 않고 살아가는 사람이다. 어린이처럼 가슴 뛰는 대로 사는 사람이 바로 코스미안이다. 세상의 모든 어린이가 도인이며 코스미안이다. 순수한 마음으로 사는 사람이 코스미안이다.

# 어린이들과 함께

모든 어린이들은 본능적으로 타고난 공감력을 발휘한다. '검은 고라니 사람'이라는 이름을 가진 아메리칸 인디언 마법사는 이런 말을 했다.

"어른들은 어린아이들로부터 배워야 한다. 어린아이들의 마음은 순수하기 때문에 어른들이 놓치는 신비로운 것들을 느낄 수 있기 때문이다. 사람들이 서로 소통하고 관계를 맺고 우주와 하나임을 깨달을 때 평화롭고 신비로운 충만감을 누리게 된다."

어린아이들은 우주에서 온 별들이다. 아름답게 반짝이는 작은 별이다. 어린아이들의 마음에는 우주의 비밀이 숨어있다. 우주의 비밀을 푸는 열쇠는 아이들의 마음속에 있다. 수우족 인디언들에게 구전으로 내려오는 기도문에 그 해답이 있다.

바람 속에 위대한 당신의 목소리가 들리고
당신의 숨결은 세상 만물에게 생명을 줍니다.


나는 당신의 맑은 자식들 가운데
작고 힘없는 어린아이입니다


내게 당신의 힘과 지혜를 주소서
나로 하여금 아름다움 안으로 걷게 하시고
내 두 눈이 오래도록 석양을 바라 볼 수 있게 하소서


당신이 만든 물건들을 내 손이 존중하게 하시고
당신의 목소리를 들을 수 있도록 내 귀를 예민하게 하소서


당신이 내 부족 사람들에게 가르쳐준 것들을 알게 하시고
당신이 나뭇잎과 돌 틈에 감춰둔 교훈들을 배우게 하소서


내 형제들보다 더 위대해지기 위해서가 아니라
가장 큰 적인 내 자신과 싸울 수 있도록 힘을 주소서


나로 하여금 깨끗한 손 똑바른 눈으로
언제라도 당신에게 갈 수 있도록 준비 시켜 주소서


그래서 저 노을이 지듯이 내 목숨이 사라질 때

내 혼이 부끄럼 없이 당신에게 갈 수 있게 하소서

# 영원한 친구

수세식 변소라는 것은 알지도 못했던 어린 시절, 학교를 파하고 집으로 오면 책가방을 마루에 집어 던지고 뒷간으로 달려갔다. 뒷간에 가득 쌓인 똥을 퍼서 똥지게로 날라 밭에 거름을 주었다. 또 여름방학이 되면 숙제로 내준 곤충채집을 한다고 잠자리채를 들고 들판을 달리다가 똥구덩이에 빠지면 개헤엄을 쳐서 간신히 기어 나온 일들은 아직도 기억 저편에 남아있다.

가난하지만 자연과 더불어 뛰어놀며 자랐던 그 시절의 추억은 평생토록 아름답고 행복한 기억으로 남아 정신적 안식처가 되어 준다. 가난은 추억을 줄망정 불행을 주지는 않는다. 가난은 조금 불편할 뿐 정신의 뿌리를 흔들지는 못한다. 오히려 스스로 할 수 있는 자립심을 키워주고 자연이라는 영원한 친구를 만들어 준다.

먹고 사는 일이 해결 된다면 자연을 벗하라. 자연에게 의지해 삶의 여정을 걸어가라. 자연이 주었던 추억이 평생의 자양분이 되듯이 자연은 인간에게 한없는 사랑을 준다. 그 사랑을 받아들이지 못하면 문명의 노예로 살 수 밖에 없다. 문명이 우리를 행복하게 해 준다는 착각에서 헤어나야 진정한 행복이 보인다.

내 몸이 자연이다. 자연이 곧 나다. 지수화풍으로 돌아갈 내 몸이 자연과 한 몸이라는 것은 자명한 일이다. 멀리서 친구를 찾지 마라. 자연이 친구다. 자연만큼 진실한 친구는 없다. 자연이라는 진실한 친구가 없는 사람은 은행 통장에 돈을 가득 쌓아 놓고도 불안한 마음의 노예가 된다. 인간에게 돈은 시냇물을 건널 수 있는 징검다리와 같다. 시냇물에 놓인 징검다리를 건널 때까지의 위로밖에 줄 수 없다.

'그것 자체', 그것이 자연이다. 스스로 그러한 질서를 가진 자연에게 돌아가는 것은 어머니의 품으로 돌아가는 것과 같다. 죽고 태어나고 다시 죽고 또 태어나는 곳이 바로 자연이기 때문이다. 자연은 깨끗하고 순결하다. 그러나 공허하다. 공허를 견디지 못한다면 자연에게 기대지 마라. 자연은 고독이라는 품격 높은 사랑을 숨기고 있기 때문이다.

# 9장

## 생각 나누기

# 구세대는 소를 잃고
# 신세대는 외양간을 고친다

하루가 멀다 하고 사건 사고가 끊이지 않고 일어난다. 남북문제, 동서문제, 남녀문제, 노소문제, 정치문제, 경제문제, 치안문제 등 바람 잘 날이 없다. 신문들은 사건사고를 실어 나르느라 지면이 모자랄 정도다. 미연에 방지는 못할망정 어디 한번 시원하게 문제를 해결한 적이 없다.

구세대는 소를 잃었다. 아니다. 소가 외양간이 싫어 스스로 도망갔는지 모른다. 외양간 소를 두고 서로 잘났다고 싸우니 소도 지겨웠을 것이다. 도망간 소를 두고 책임소재만 따지고 있는 구세대들의 이기심은 하늘을 찌른다. 보다 못한 신세대가 외양간을 고치고 있다. 어른으로서 미안하고 창피한 일이다.

이제 좁은 한반도라는 외양간 안에 소를 가두지 말고 너른 세상으로 내보내자. 외양간을 지구 전체로 확대해 보자. 소는 좋아서 춤을 출 것이다. 구세대는 소를 잃지 않아서 좋고 신세대는 고칠 외양간이 없어서 좋을 것이다.

지구가 외양간이다. 더 넓게 더 크게 세계로 나아가자. 무한경쟁으로 세계의 주인이 되자. 무한한 경쟁력이 있는 우리의 신세대들에게 외양간 고치는 일을 만들지 말고 튼튼하고 힘센 소를 방목해서 자유롭게 키우게 하자.

# 선생님과 후생님

선생님이라는 호칭에는 존경과 받듦의 의미가 들어있다. 먼저 깨달은 자, 덕이 있는 자, 학식을 가진 자, 그 학식으로 남을 가르치는 자를 선생님이라고 한다. 자신을 기준으로 선생이 먼저 태어난 사람을 의미한다면 후생은 뒤에 태어난 사람을 가리킨다. 그러나 선생이나 후생이라는 명사 뒤에 님이라는 접미사를 붙이게 되면 존경하는 사람으로 그 의미가 바뀌게 된다.

모든 후생님은 선생님의 스승님이다. 어릴수록 하느님에 가까운 존재이기 때문이다. 선생님은 후생님을 하늘 같이 모셔야 한다. 어리다고 얕보고 깔보는 것은 선생을 깔보는 것과 같고 하느님을 깔보는 것과 같다. 후생님들을 사랑하는 것이 선생님을 사랑하는 것이다. 하느님을 사랑하는 것이다.

우리 지구에 소크라테스 선생님, 공자 선생님, 예수 선생님, 석가모니 선생님이 있었다면 우주에는 어린이 후생님, 소년소녀 후생님, 청년 후생님들이 있다. 선생님이 과거였다면 후생님은 미래다. 우리의 스승님인 후생님들에게 뜨거운 갈채를 보낸다.

# 여정이 보상이다

최근 미국에서는 '고스팅ghosting'으로 골머리를 앓고 있다고 한다. 유령처럼 보이지 않게 사라진다는 의미의 신조어 고스팅이 항공업계나 요식업계 등에 퍼져 예약 고객이 예약 시간에 나타나지 않아 예약 부도를 내는 일이 많아졌다.

그것뿐만 아니라 일반 기업체에서도 이력서를 제출하고 면접날 나타나지 않는 '면접 고스팅'이 상당수 있다. 또 최종 면접에 합격해서 출근하겠다던 신입직원이 출근 날 아무런 연락도 없이 출근하지 않는 '출근 고스팅'이 있는가 하면 잘 다니던 회사를 사표 한 장이나 말 한마디 없이 잠적해 버리는 '퇴사 고스팅'이 만연하고 있다고 한다.

실업률이 높은 우리나라 같은 경우는 고스팅이 유행하지는 않지만 실업률이 낮은 미국이나 영국 등 선진국들은 호황을 누리고 있는 노동자들의 갑질이라고 볼 수 있다. 실업률이 낮으니까 들어가서 일하고 싶은 회사는 상대적으로 많다. 속된 말로 골라 먹는 재미가 있는 것이다. 1969년 이래 제일 낮은 실업률을 기록하고 있는 미국 기업들을 공포로 몰아넣는 고스팅으로 엄청난 인적 물적 손실을 입고 있다.

역대 최고의 실업률을 찍고 있는 대한민국은 미국의 고스팅이 부러울 뿐이다. 경기침체는 장기전으로 가고 있고 청년들은 일자리가 없어 알바로 연명하고 있다. 고스팅이 뭔지 알 수도 없고 안다 한들 딴 나라 이야기라 속상하기만 할 것이다.

청년들이여 힘을 내시라. 겨울이 길면 봄이 온다는 신호다. 세계는 넓고 기회는 널려 있다. 기회를 찾아야 기회가 오는 법이다. 로또를 사야 로또에 당첨된다. 온갖 시련을 겪으면서 결코 좌절하지 않았던 스티브 잡스가 한 말을 기억하자.

'그 여정이 바로 보상이다'

# 10장

## 이게 삶이야

# 내가 나를 사랑할 때

어떤 사람이 나에게 수치심을 준다면 한 순간 헤어날 수 없는 고통에 빠지게 된다. 그것이 신체적인 수치심이라면 그 고통에서 더욱 빠져 나올 수 없을 것이다. 더욱이 자의식이 성숙되지 않은 사람일수록 수치심이라는 괴물에게서 도망칠 수 없다.

남에게 수치심이라는 피해를 주는 사람들은 대부분 강자에 속한다. 약자를 얕보는 습성이 몸에 밴 사람들이다. 강자의 위치에 있다고 자만하는 사람들은 하나만 알고 둘은 모르는 얼치기들이다. 지구가 돌고 돌듯이 운명도 돌고 돌며 사람도 돌고 도는 이치를 망각한 인간들이다. 새옹지마라는 말이 괜히 나왔겠는가.

강자에게 주눅 들면 인생이 나락으로 떨어진다. 강자 앞에서 당당해야 한다. 내가 나를 사랑해야 한다. 내가 나를 사랑하지 않으면 남도 나를 업신여긴다. 우리는 누구나 존귀한 사람으로 태어났지만 가정에서 학교에서 사회에서 왕따 당하는 사람들이 많다.

가정에서는 남편이라는 강자가 아내라는 약자에게 갑질하고 아내라는 강자가 남편이라는 약자를 따돌린다. 학교에서는 여린 마음을 지닌 약자를 강한 척 하는 강자들이 따돌린다. 사회에서도 마찬가지다. 약자들이 강자의 밥이 되어 따돌림이라는 돌림병에 걸리고 있다.

"너 자신을 외면한 자비심으로는 부족하다."

누군가의 말이 우리에게 위로를 준다. 내가 나를 사랑하지 않는 사람은 남을 사랑하는 일에도 서툴고 힘들다. 인간과 인간이 조화롭게 살아가는 세상은 타인이 만들어주는 것이 아니다. 오로지 내 자신이 만드는 것이다. 한 사람의 나, 또 한 사람의 내가 모여 우리가 되고 우리가 모여 사회가 된다.

사랑하고 싶은가. 그렇다면 너 자신을 먼저 사랑하라. 그 다음에라야 멋지고 매혹적인 사랑이 저절로 찾아올 것이다.

# 예술이냐 삶이냐

세계 3대 경매회사 중 하나인 크리스티에서 인공지능이 그린 에드먼드 벨라미의 초상화가 43만 2,500 달러에 팔렸다. 컴퓨터 알고리즘으로 제작한 초상화가 경매에 나와 팔린 것은 그림 경매 250년 역사상 처음이라고 한다.

어디 그뿐인가. 이미 인공지능이 소설을 쓰고, 악기를 연주하는 세상이 되었다. 그동안 의사나 법률가, 투자 상담사 등 고액의 보수를 챙기던 전문 직업인들이 전담하던 일도 인공지능이 더 정확하고 효율적이면서도 저렴한 서비스를 제공하는 시대가 오고 있다.

아일랜드의 노벨 문학상 수상자 버나드 쇼가 "모든 전문적인 직업은 일반인들을 등쳐먹는 공작이다."라고 갈파했듯이, 그동안 사회적 또는 문화적 특권층으로 재미를 톡톡히 보던 귀족들은 크게 한탄

할 일이지만 우리 민초들은 쌍수를 들어 반겨야 할 것 같다.

이집트의 피라미드, 그리스의 신전, 로마의 성당, 중국의 만리장성, 인도와 동남아 그리고 한국과 일본의 수많은 사찰 등을 위대한 문화유산이라고 침이 마르도록 예찬하지만, 이것들을 만드느라 얼마나 많은 노예와 인부들의 희생이 있었겠는가.

따지고 보면 있는 그대로의 자연과 우리가 사는 하루하루의 삶은 숨 쉬는 순간순간이 경이롭고 기적 같은 예술이다. 그 이상의 '예술작품'이 결코 있을 수 없다. 그런데 어찌 모조품에 불과한 그림자를 실물보다 더 애지중지 할 수 있단 말인가.

"예술은 삶을 예술보다 더 흥미롭게 하는 것이다."라는 말처럼 열심히 삶을 사는 인생 예술가 말고 다른 예술가란 그림자에 불과한 것이다.

# 이게 삶이야

지구라는 놀이터에 왔으니 신나게 놀아야 한다. 놀지 않는 자는 직무유기다. 점잔빼는 사람은 다 적폐다. 세상은 아수라장이라느니 타인은 지옥이라느니 하는 핑계는 대지 말자. 지식을 쌓느라 인생을 허비하지 말자. 돈만 버느라 정신을 팔지 말자.

신나게 놀면 지혜가 쌓인다. 재밌게 놀면 돈도 벌린다. 사랑이라는 무기가 있는데 무슨 걱정인가. 자연이라는 위대한 스승이 있는데 무슨 걱정인가. 걱정이 걱정을 낳고 근심이 근심을 낳는다. 예수도 기독교라는 놀이터에서 신나게 놀다가 갔다. 부처도 불교라는 놀이터에서 신나게 놀다 가고 공자도 유교라는 놀이터에서 신나게 놀다 갔다.

이게 삶이야

맞다. 이것이 삶이다. 근심이라는 친구와 한바탕 신나게 놀고 절망이라는 친구와도 신나게 놀아라. 일이라는 친구와도 함께 뒹굴며 놀다 보면 두려울 것이 없어진다. 새털처럼 가볍게 놀아라. 구름처럼 높게 놀아라.

가볍게 살아라. 무겁게 사는 자는 바보다. 문제없는 문제를 만드느라 수고하지 말고 신나게 놀아라. 힘들다고 징징대지 말고 놀아라. 뜨거운 태양처럼, 쏟아지는 소낙비처럼 그렇게 열정적으로 놀아라.

새싹이 돋을 때도 놀고 열매가 열릴 때도 놀고 바람이 불 때도 놀고 비가 올 때도 놀고 어려서도 놀고 젊어서도 놀고 늙어서도 놀아라. 미칠 듯이 놀아라. 즐거울 때도 놀고 괴로울 때도 놀아라. 저 우주에서 이 지구로 놀러 왔는데 놀지 않으면 지구에 온 의미가 없다.

인생을 놀이처럼 즐겁게 살면 '이게 삶이야!'를 날이면 날마다 시시각각으로 내지르게 된다.

# 11장

## 길을 묻다

# 톨스토이는 성인이었나

영어로 성상파괴자를 아이코너클래스트iconoclast라 한다. 성상 파괴자의 시각보다 생텍쥐페리의 어린 왕자의 시각을 통해 성인으로 추앙받는 톨스토이의 삶을 한번 살펴보자.

1862년 그는 서른네 살 때 18세 소녀 소피아에게 청혼한다. 수백 명의 농노가 딸린 엄청나게 큰 농토의 상속자이지만, 톨스토이는 노름으로 그 유산 대부분을 탕진한다. 노름하기에 바빠 치과에도 가지 않아 치아도 거의 다 빠져버린 상태였다.

결혼식을 앞두고 그가 창녀들과 농노들 심지어는 장모 될 사람의 친구들과 성관계 한 일들을 기록한 그의 일기장을 신부에게 꼭 읽어보라고 고집한다. 부부 사이에는 어떤 비밀도 있어서는 안 된다며 두 사람은 앞으로 서로의 일기장을 봐야 한다면서 말이다.

가정불화로 언쟁이 계속되는 결혼생활이었지만 톨스토이는 문인으로 세계적인 명성을 얻게 되고 소피아는 자식을 열 셋이나 낳으면서도 남편의 모든 원고를 전부 필사해 낸다. 1877년경부터 톨스토이는 예수의 가르침을 엄격히 따른다고 채식주의자가 되었다. 이후 블라디미르 체르트코프를 만나면서 소피아를 저버리고 이 젊은 사기꾼 제자의 노예가 되어 가출한다. 1910년 82세로 레오 톨스토이는 한 시골역의 초라한 농가에서 폐렴으로 사망한다.

소피아는 온 인류를 위한 톨스토이의 사랑이 그의 처와 자식들에게는 미치지 않았다고 한다. 이 소피아의 말이 어디 톨스토이에게만 해당하는 것일까. 석가모니도 처자식 버리고 가출하지 않았나. 예수나 소크라테스도 비슷하다. 온갖 사상이나, 종교, 그리고 가문의 영광이나 문학과 예술을 핑계로 사랑하는 가족을 버리고 알코올이나 마약 중독자가 되는가 하면 자살하는 테러리스트까지 있지 않은가.

나 자신과 내 가족을 제대로 보살피지 못하면서 어찌 인류와 우주 만물을 사랑할 수 있단 말인가. 눈에 보이지 않는 신을 섬기기 전에 눈에 보이는 사람부터 사랑해야 한다. 작은 일에 충성하는 자가 큰 일에도 충성할 수 있다. 하나를 보면 전부를 다 알 수 있다. 그래서 수신제가치국평천하(修身齊家治國平天下)이고 수기치인(修己治人)이라 하는 것이다.

# 간디, 추앙과 만행 사이

*하늘에 계신 성인들과*
*같이 산다는 것은*
*행복하고 영광스러운 일이다.*
*하지만 지상에서*
*성인과 함께 사는 것은*
*전혀 다른 이야기다.*

성인으로 추앙받는 간디의 비서 마하데브 데사이가 남겼다는 시 한 구절이다. 간디는 인류사에 남긴 위대한 족적에도 불구하고 한 인간으로서의 처신에는 약점도 많았던 것 같다. 인도의 불가촉천민에 대한 그의 고답적인 고정관념과 피상적인 편견은 물론, 그가 조카 손녀 마누에게 가한 성추행은 오늘날 미투운동의 관점에서 볼 땐 천하의 만행으로 고발당하고도 남을 일이다.

젊은 시절 런던대학에서 법학을 공부할 때 인도에서 온 한 법학
도로부터 나는 간디의 네 명의 아들에 대한 이야기를 들었다. 그들 중
한 명은 자살했고 다른 하나는 알코올중독자였다는 충격적인 말을
듣고 놀라지 않을 수 없었다. 간디는 정말 훌륭한 인물이었을까 하는
회의가 들었다.

또 다른 사건은 어느 잡지에 실린 도산 안창호 선생의 글을 읽고
수신제가치국평천하란 말을 되새겼었다. 그가 아내에게 쓴 옥중 편
지에서 자신이 국가와 민족을 위한다는 대의명분을 내세우지만 한 남
편, 한 아빠로서 인격 실격자요 인생 낙오자라고 실토하면서 자괴심
에서 쓴 글이었다.

예로부터 농사 중에 자식농사 이상 없다고 했다. 미국 독립 때부
터 최근까지 수백 가문을 추적 조사한 한 보고서에 따르면 가난해도
사랑과 헌신의 지극정성으로 키운 자손들이 대성하고 큰 재산만 물려
준 자손들은 잘못되었다는 사실을 통계로 증명하고 있다. 사람은 누
구나 장단점은 있는 법이다. 그래서 누구나 성인도 될 수 있고 동시에
속인도 될 수 있다.

겉이 화려할수록 속이 빈약한 법이다. 외화에 연연하지 말고 내실
을 기할 일이다. 네 삶이 바로 네 인생이라는 말을 가슴에 새겨야 한다.

# 무엇이 문제인가

인류의 역사는 약육강식의 역사다. 흥하면 망하고 성하면 쇠하는 게 역사다. 역사란 고정된 것이 아니라 늘 돌고 돌며 끊임없이 변한다. 고구려, 백제, 신라가 원수처럼 싸웠던 시대가 있었지만 또 하나가 되어 잘 살았던 시대도 있었다. 조선왕조 때는 당파싸움으로 국력을 소진하다가 일본의 침략으로 식민지가 되었고 해방 후에는 미국과 소련이 만든 냉전에 휘말리다가 한국전쟁을 겪어야만 했다.

남북으로 갈라진 동족에게 총칼을 겨누며 서로 미워하고 있는 현실을 보면 안타까울 뿐이다. 강대국들의 이해관계에 따라 우리의 운명이 갈리는 현실을 바라볼 수밖에 없는 역사의 아이러니를 언제까지 바라보아야 하는가. 미국, 일본, 중국, 소련의 강대국들 틈바구니에서 살아남기 위해 친중을 하고 친일을 하고 친러를 하고 친미를 하면서 시대의 조류에 떠밀려 가는 일은 이제 막을 내려야 한다.

우리민족과 뿌리가 같다는 아메리카 인디언들과 아프리카에서 미국으로 끌려와 노예 생활을 한 흑인들 또한 인류 역사상 큰 피해자들이다. 베트남전에 파병되어 고엽제 후유증에 시달리고 있는 우리나라의 참전용사들 역시 어두운 역사의 피해자들이다.

이런 질곡의 역사를 되풀이하지 않기 위한 근본적인 대책은 없을까. 전 세계를 식민지화하고 자연생태계의 질서를 파괴해 온 서양이 만든 물질문명의 '원죄의식'과 '선민사상'에서 탈피하여 우리나라의 홍익인간이나 인내천 사상으로 세상을 다스린다면 질곡의 역사를 되풀이하지 않을 것이다.

문명화된 사회에서 강자와 약자가 골고루 잘 살 수 있는 것은 홍익인간 정신뿐이다. 인간을 널리 이롭게 할 수 있는 일이란 두루두루 골고루 모든 사람을 사랑하는 일이다. 사람 위에 사람 없고 사람 아래 사람 없는 모두가 똑 같은 사람이라는 사상과 인식의 전환이 절실한 시대다. 자연의 섭리를 따르는 일이 홍익인간이다. 아메리카 인디언들이 신앙처럼 받드는 진언에도 홍익인간의 사상이 들어 있다.

강물은 자신의 물을 마시지 않고
나무는 자신의 열매를 따 먹지 않는다.

햇빛은 스스로를 위해 비추지 않고

꽃들은 스스로를 위해 향기를 내뿜지 않는다.

남을 위해 사는 것이 자연이다.
네가 행복할 때 네 삶은 좋다.
하지만 너 때문에 남들이 행복하면
그것이 훨씬 더 좋은 삶이다.

남을 위해 살지 않는 자는
삶을 살 자격이 없다.
우리의 본질은 봉사하는 것이다.

이것이 바로 우주 나그네 '코스미안'이다. 강물처럼 나무처럼 사는 사람, 햇빛처럼 꽃처럼 사는 사람, 나의 행복보다 너의 행복을 위해 주는 사람 그 사람이 바로 코스미안이다. 코스미안은 사람을 사랑하는 사람이다. 땅을 사랑하는 사람이며 하늘을 사랑하는 사람이고 우주를 사랑하는 사람이다.

# 12장

우리는 모두 코스미안

# 온 인류에게 드리는 공개편지

　　나는 인간과 자연, 나아가 우주는 하나라고 믿습니다. 인류가 인류에게 자행해온 비극은 원죄의식과 선민사상 때문이라고 생각합니다. 지혜로운 말씀을 전해 준 인류의 선배들은 너의 괴로움이 나의 괴로움이며 너의 기쁨이 나의 기쁨이라는 피아일체의 인류애를 전해주고 있습니다. 남을 해치면 나를 해치는 것과 같고 남을 도우면 나를 돕는 것과 같지요.

　　나는 평안북도 태천에서 태어났습니다. 지금은 북한 땅이 되어버려 갈 수 없는 곳입니다. 일제 강점기 때 12남매 중 11번째로 태어나 다섯 살에 아버지를 여의고 열세 살에 동족상잔의 비극인 한국전쟁을 겪으면서 집 없는 거리의 소년이 되어 길을 떠났습니다.

　　죽기 아니면 살기의 생존 본능에 따라 모든 행운을 하나도 놓치지 않고 순간순간 최선을 다해 살아오다 보니 세상에 버릴 것은 하나도 없었습니다. 동서남북 어디에 있든 과거도 현재도 미래도 모두가 하나입니다. 풀 한 포기, 모래 한 알, 물 한 방울이 우리 인간과 다를 게 없습니다. 그들이 곧 나이며 내가 곧 그들이지요. 우리는 광활한 대 우주 속에서 티끌보다 작은 별 지구에 무지개를 타고 잠시 내려온 코스미안들입니다.

십년 전에 암 진단을 받은 나는 다섯 딸들에게 남겨 줄 유산으로 아빠가 살아온 삶을 짤막한 동화형식의 글로 쓰기 시작했습니다.

"힘들고 슬프고 절망할 일이 많다 해도 이 세상에 태어난 것이 태어나지 않은 것보다 얼마나 다행스러운가. 실연당한다 해도 누군가를 사랑한다는 것은 사랑하지 않은 것보다 얼마나 아름다운가. 이렇게 살며 사랑하노라면 우리는 비상하는 법을 배우게 되지 않겠는가."

독신을 고수하던 나의 둘째 딸이 43세가 되던 해에 아름다운 청년을 만났습니다. 영국 특수부대 비행기 조종사로 의병제대한 피부암 말기 환자였습니다. 둘째 딸은 그와 결혼을 감행했지요. 나는 딸의 선택을 존중했고 또 응원했습니다. 임박한 장례식 대신에 결혼식을 선택한 딸의 '삶의 축하 파티'는 스코틀랜드 에든버러성에서 열렸습니다. 그리고 곧 에든버러아카데미에서 결혼식을 올렸습니다. 이 아름다운 결혼식에서 나의 책 '코스모스 칸타타'를 출판해 준 미국출판사 대표이자 시인이 써준 축시 '내가 알지 못하는 남녀 한 쌍에게'를 낭독했습니다.

내가 만난 적은 없어도 이 두 젊은 남녀는
이들을 아는 사람들에게 깊은 인상을 주고
이들을 모르는 사람들에게도 큰 감동을 주네.
내가 만난 적은 없어도 이 두 젊은 연인들은
서로에 대한 헌신으로 똘똘 뭉쳐 오롯이
호젓하게 그리고 다른 사람들과 함께
삶의 축배를 높이 드네.

내가 만난 적은 없어도 이 두 사랑스런 영혼들은
저네들만의 세상을 만들어 전 세계에 여운으로
남는 감미로운 멜로디를 창조하네.

몇 달 뒤 둘째 딸의 남편인 고든이 타계했다는 소식을 듣고 저는
다음과 같은 이메일을 딸에게 보냈습니다.

"사랑하는 남편 고든이 평화롭게 숨 거두기 전에 네가 하고 싶은
모든 말들 다 하고 그가 네 말을 다 들었다니 그 영원한 순간이 더할
수 없도록 복되구나. 난 네 삶이 무척 부럽기까지 하다. 너는 영혼의
사랑인 네 짝을 찾았을 뿐만 아니라 그 삶과 사랑을 그토록 치열하고
아름답게 마쳤으니 얼마나 복되고 복된 일이냐.

사람이 장수하여 백년 이상을 산다 한들 한 번 쉬는 숨처럼 짧은 게 인생이다. 바닷가에 부서지는 파도의 포말에 불과한 인생인데 너는 참으로 아름다운 사랑을 완성했구나. 우리는 모두가 우주라는 바다로 돌아가는 것이란다. 그러니 슬퍼하지 마라. 우리는 코스모스 바다를 떠나서 살 수 없는 코스미안들이란다."

둘째딸 수아는 남편을 떠나보내면서 쓴 조사(弔辭)를 내게 보내 왔습니다.

"그를 만난 것이 얼마나 어처구니없도록 나에게 크나큰 행운이었는지, 우리가 같이 한 13개월이란 여정에서 아무런 후회도 없습니다. 나는 내 삶에서 완벽을 기하거나 완전을 도모하지 않았으나 그와 나는 우리 자신 속에서 완전함을 찾았으며, 사랑이라는 완전한 절대균형을 잡았습니다."

우리는 모두 인생 순례자입니다. 이 초록별 지구로 무지개를 타고 잠시 놀러왔다가 다시 돌아가는 우주의 나그네지요. 다른 사람이 잘됨을 질투하지 말고 다른 사람의 행운을 부러워하지도 말아야 합니다. 다른 사람이 잘되면 결국 나도 잘 되는 것이며 다른 사람에게 행운이 온다면 그 행운은 돌고 돌아 나에게도 옵니다.

얼음처럼 차가운 마음을 버리고 불처럼 뜨거운 마음을 만들어 보세요. 마음에 생겨난 욕심을 없애고 성냄이 생기지 않도록 하며 어리석음도 경계를 하세요. 그런 사람이 바로 코스미안입니다. 가슴 뛰는 대로 사는 우주적 인간 코스미안의 길은 멀리 있지 않습니다. 아주 가까이에 있습니다. 나 자신을 사랑하듯 너를 사랑하는 것, 그것이 코스미안입니다.

# 어떻게 코스미안이 될 것인가

사람은 쉽게 흑백논리에 매몰되기 쉽다. 모든 문제를 흑이 아니면 백, 선이 아니면 악으로  규정하는 것은 매우 위험한 발상이다. 이는 극단으로 치닫는 편협하고 어리석은 사고다. 지구 안에 갇혀 있어서 그렇다. 마음을 지구 밖 우주로 돌려 봐라. 지구라는 울타리를 벗어나면 무한대의 창조적인 에너지가 쏟아진다.

가족에 동화되려면 가족을 사랑하고 소중히 여겨야 한다. 사회에 동화되려면 사회 구성원으로서 책임을 다해야 한다. 우리는 서로가 서로에게 필요한 존재가 될 때 사랑이라는 귀중하고 아름다운 꽃을 피울 수 있다. 꽃은 그냥 피지 않는다. 바람에 시달리고 비에 젖고 햇볕에 타며 그렇게 피는 게 꽃이다.

너라는 에너지와 나라는 에너지가 만나 새로운 에너지를 창조해

낼 때 우리는 새롭게 태어난다. 새로운 종족이 탄생하는 순간이다. 그 종족의 이름이 코스미안이다. 코스미안은 성공이나 행복에 목숨 걸지 않는다. 관습이나 타성에도 함몰되지 않는다. 코스미안은 지식보다 지혜를 쌓아 우주 에너지와 바르게 연결하는 신인류다.

코스미안은 우주라는 오케스트라와 호흡을 맞춰 춤을 추는 사람이다. 무한한 우주의 에너지를 받아 스스로 우주가 되는 사람이 코스미안이다. 의지와 야망과 신념이 작위적인 것이 아니라 자연스럽게 방향을 따라 가면서 서로에게 의로운 사람이 되는 것이 코스미안이다. 새장에 갇힌 새가 새장을 열고 나와 자유롭게 하늘을 나는 것이 코스미안이다.

제도와 관습과 통념에 걸림이 없이 바람처럼 달려가는 사람은 코스미안의 길을 걸어가는 사람이다. 개미 한 마리에게도 연민을 느끼며, 풀 한 포기의 생명에도 아름다움을 읽을 줄 아는 사람은 코스미안의 길을 걸어가는 사람이다. 동물과 식물, 물질과 비물질, 인간과 영혼이 모두 하나라는 것을 하나하나 알아가는 것이 코스미안의 길을 걸어가는 사람이다.

"더 큰 세계와 접속하는 자, 모두 코스미안이다"

# 초인은 코스미안

"말하면 없어진다."

미국의 삽화 작가 에드웨드의 말이다. 말만 하고 행동하지 않으면 성과가 있을 수 없다는 뜻이다. 글로 그림을 그리는 사람이 문인이고, 그림으로 글을 쓰는 사람이 화가라면, 소리로 그림을 그리는 사람은 음악가다. 그렇다면 삶으로 그림을 그리고 글을 쓰는 사람, 사랑으로 삶을 사는 사람은 무엇이라고 해야 할까.

독일의 철학자 니체는 "너 자신이 되어라"고 했다. 이는 초인이되라는 뜻이다. 초인이란 어떤 사람일까.

인간(人間)을 인생세간(人生世間)이라고 한다. 사람이 사는 세상을 의미한다. 이는 하늘과 땅 사이에 인간이 존재한다는 뜻이다.

그렇다면 니체의 '초인'은 삶을 긍정하는 존재다. 사회의 부조리와 모순으로부터 자신을 지키는 사람이 초인이다. 초인은 모든 것을 순수하게 받아들이는 존재이며 나약한 자아를 벗어나 스스로 자신의 삶에 주인이 되는 사람이 초인이다.

초인은 코스미안의 다른 말이다. 코스미안이 바로 초인이다. 삶의 의지를 실현하는 사람이 초인이며 코스미안이다. 어리석음을 깨치고 지혜의 바다로 나아가는 사람이 초인이며 코스미안이다.

# 13장

## 시처럼 음악처럼

# 우주 순례자

생명의 시작은 어머니의 자궁
어머니의 자궁은 우주의 고향
우주의 고향은 영혼의 거처
우리는 영혼의 거처로 돌아온
영원한 우주의 순례자

# 꿈이어라 숨이어라

꿈이어라 꿈이어라
우리 삶은 꿈이어라
꿈속에서 꿈꾸는
우리 삶은 꿈이어라.

우리 삶이 꿈이라면
우리 서로 사랑하는
가슴에 수놓는
사슴의 꿈이어라.

우리 삶은 꿈이기에
꿈인 대로 좋으리라.
우리 삶이 꿈 아니라면

그 어찌 사나운 짐승한테
갈가리 찢기우는
사슴의 슬픔과 아픔을
참아 견딜 수 있을까.

숨이어라 숨이어라
우리 삶은 숨이어라.
숨속에서 숨쉬는
우리 삶은 숨이어라.

우리 삶이 숨이라면
하늘 우러러 숨쉬는
사슴의 숨이어라.
우리 삶은 숨이기에
숨인 대로 좋으리라.

우리 삶이 숨 아니라면
그 어찌 사나운 비바람
천둥번개에도 뛰노는
기쁨과 즐거움 마냥
맛볼 수가 있을까.

우리 서로 사랑하는

가슴이 준 말
사슴이 되어라.

# 살고지고

만남이 있었습니다.
헤어짐도 있었습니다.
밤하늘의 별들이 반짝이고
풀잎에 이슬이 맺혔습니다.
봄이 오면 꽃이 피고
여름이 오면 소나기가 내리고
가을이 오면 무지개가 피고
겨울이 오면 사랑이 익었습니다.
익어서 떨어진 사랑이
다시 자연으로 돌아갑니다.
돌고 돌아서 가는 길
이승길이 멀다 해도
저승길보다 멀겠습니까.

이슬로 다시 돌아오고
풀잎으로 다시 돌아와
생명의 싹 틔우겠습니다.
사랑의 싹 틔우겠습니다.

# 14장

들숨과 날숨으로

# 어린이 눈에는

있어도 보이고
없어도 보인다.
보고 듣고 느끼느냐
생각하고 상상하느냐

어린이 눈에 보이는 모든 것은
꽃이 되고 별이 되고 무지개가 된다.

# 버릴 것 없네

콩 심은 데 콩 나고
팥 심은 데 팥 나는 법
좋은 씨 나쁜 씨
좋은 인연 나쁜 인연 있을까.
엉겅퀴 가시도 약초가 될 수 있고
뱀의 독도 약이 될 수 있는 법
세상에 버릴 것은 아무 것도 없네.

# 하나하나

삶 하나하나
꿈 하나하나
숨 하나하나

하나하나가
나의 본성
나의 개성
나의 인격

내가 품는 생각
내가 먹는 음식
내가 하는 행동

하나하나가
어제의 나
오늘의 나
내일의 나

하나하나가
사랑으로 완성된
코스미안

# 15장

## 존재의 집

# 행복과 불행

행복은 소유가 아니고 삶에서 온다.
진정한 행복은 사랑하는 삶에서 온다.
사랑한 만큼 성숙해 지는 영혼에서 온다.
나보다 남을 위하는 배려에서 행복이 온다.
보이지 않게 나누는 자비에서 행복이 온다.

그러나

행복이 끊임없이 지속된다면 지옥이다.
행복이 평생 곁에 있다면 지옥이다.
불행이 없는 행복은 행복이 아니다.
슬픔이 없는 행복은 행복이 아니다.
행복과 불행은 뗄 수 없는 단짝 친구다.

그러므로

천국이 있어야 지옥이 있고
지옥이 있어야 천국이 있다.
행복하고 싶거든 불행을 사랑하라
불행하고 싶거든 행복을 사랑하라
행복과 불행의 노예가 되지 마라.

# 존재

존재에는 이유가 있고
존재에는 가치가 있다.
삶은 자연의 모조품에 불과하고
삶은 자연의 그림자에 불과하다.
존재는 모조품으로 빛나지 않고
존재는 그림자로 드러나지 않는다.
사랑하지 않는 존재는 허깨비다.
사랑하는 것이 살아있는 존재다.

# 무용지물

인공지능이나
가상현실이나
증강현실이나
인간의 사랑 앞에선 무용지물이요
자연의 무위 앞에선 쓸모없음이다

# 16장

## 깊은 사랑노래

# 그대

그대의 다른 이름은 신성
그대의 다른 이름은 기적
그대의 다른 이름은 사랑
그대의 다른 이름은 우주
그대의 다른 이름은 코스미안

# 사랑이란

온 우주가 공모해야 된다고 보지요.
그대와 내가 두 손 잡고 편히 자지요.

# 결혼이란

결혼이란
노예제도를 수용할 수 없는
자유주의자거나 에고이스트이거나
모험을 할 수 없는 겁쟁이거나
비혼주의자들의 피해망상이다.
앓느니 죽겠다는 변명이다.

# 17장

## 코스미안의 노래

# 코스미안타령

얼쑤 씨구 씨구로세.
죽도록 놀아나 보세.
얼씨구씨구 들어간다.
절씨구씨구 들어간다.
빅뱅과 블랙홀 천지간
음양의 조화로운 기운일세.
우주의 코스미안이 되어보세
신인류 코스미안이 되어보세

# 우린 모두 코스미안 홀씨

소년은 코스모스가 좋았습니다.
이유도 없이 그저 좋았습니다.


소녀의 순정을 뜻하는 꽃인 줄 알게 되면서
청년은 코스모스를 사랑하게 되었습니다.


철이 들면서 나그네는 길을 떠났습니다.
카오스 같은 세상에서 코스모스를 찾아


그리움에 지쳐 쓰러진 노인은
무심히 뒤를 돌아보고 빙그레 웃었습니다.


걸어온 발자욱마다 무수히 피어난

코스모스를 발견했습니다.

다시 돌아보니 세상이
다 코스모스였습니다.

모든 꽃의 이름인 코스모스에서
코스미안 홀씨가 흩날리고 있었습니다.

# 코스미안의 노래

관념의 벽을 넘어
편견의 벽을 넘어
의식의 벽을 넘어
새로운 세상으로
높이 나아가는 노래
코스미안의 노래

종교의 벽을 넘어
사상의 벽을 넘어
정치의 벽을 넘어
새로운 세상으로
높이 나아가는 노래
코스미안의 노래

남녀차별을 넘어
동서남북을 넘어
우월주의를 넘어
새로운 세상으로
높이 나아가는 노래
코스미안의 노래

용서와 화합으로
희망과 열정으로
사랑과 우정으로
새로운 세상으로
높이 나아가는 노래
코스미안의 노래